Miée

Xavier-Laurent Petit

Miée

Médium
11, rue de Sèvres, Paris 6e

Du même auteur à *l'école des loisirs*

Collection Médium

Fils de guerre
L'Oasis
L'Homme du jardin

Loi n°49.956 du 16 juillet 1949 sur les publications destinées à la jeunesse : septembre 2001
Dépôt légal : novembre 2002
Imprimé en France par Mame Imprimeurs à Tours (n°02112162)

À Jane Duverne,
ma grand-mère

Lundi 4 septembre

– Anna, aide-moi à retrouver les clés de la voiture, s'il te plaît ! C'est la dernière fois que je te le demande !

La pluie dégringole sans arrêt depuis hier soir, les clés restent introuvables et maman est à deux doigts d'exploser. Une vraie veille de rentrée !

– Et comme d'habitude, il faut que ça arrive un jour où je suis débordée de boulot !

On cherche, on fouille, on fouine partout. Jusque dans le linge sale ! Rien... Maman peste en arpentant l'appartement dans tous les sens. Elle claque les portes à toute volée et plonge à quatre pattes pour regarder sous le canapé. « Mais c'est pas vrai ! C'est pas vrai ! »

Elle en a des trémolos dans la voix. J'essaye de me souvenir de ses moindres gestes. Hier soir, en revenant du supermarché, elle avait ses clés à la main, j'en suis sûre. Ensuite on a rangé les courses. Mais après...

Après... Après... Mais oui, bien sûr!

Je me précipite.

– Ça y est, m'man, je les ai!

– Vite, vite! Anna, je te dépose chez Miée et je file. Je suis terriblement en retard!

Elle m'arrache le trousseau des mains sans même un petit merci et court vers l'escalier. Elle aurait pourtant pu les chercher un sacré bout de temps, ses clés, avant de les repêcher au fond du bac à légumes!

À la sortie du garage, elle tourne un peu court. Il y a des jours comme ça.

– Schrïouaaaarrrrk, glapit la carrosserie.

– Merde, merde et merde! hurle maman.

Et une fois dehors, ça ne s'arrange pas vraiment. Il pleut des cordes et, devant nous, la benne à ordures bouche toute la rue de son gros cul vert ! Impossible d'avancer, impossible de reculer ! Derrière les essuie-glaces, les gens sont à bout de nerfs, à qui klaxonnera le plus fort. Maman regarde sa montre d'un air exaspéré. Elle soupire, appelle son bureau, tripote ses dossiers, et on avance de cinq mètres ! Nouveau coup d'œil sur la montre, nouveau soupir, les yeux au ciel… Elle enclenche la première et roule au pas pendant au moins dix mètres, un record !

D'une petite voix douce, la radio annonce des embouteillages à n'en plus finir, je tâche de me faire oublier et, du bout du doigt, sur la vitre couverte de buée, je dessine un soleil.

Il est presque dix heures lorsqu'on aperçoit enfin la place de Clichy, toute grise derrière un épais rideau de pluie. On a mis deux fois plus de temps que d'habitude. Maman me dépose vite fait, mal fait devant chez Miée, me glisse un ultime : « Vite, vite, ma chérie ! » et repart pile sous le nez d'un camion de livraison qui l'engueule à grands coups de klaxon.

*
* *

Le hall sent la lessive et l'eau de Javel. La gardienne essore sa serpillière en me jetant un regard mauvais. Avec mes semelles pleines de pluie et de bouillasse, je vais salir tout son ménage. Mais à peine m'a-t-elle reconnue qu'elle se fend d'un large sourire.

– Ma petite Anna ! Mais tu as encore grandi ! Quand je pense que je t'ai connue haute comme trois pommes ! Alors, finies les vacances ? Quand on te voit revenir chez ta grand-mère, on sait que c'est reparti pour un an !

– Bonjour, madame Boudjalil. Miée est chez elle ?

– Pour sûr, et elle doit t'attendre de pied ferme.

Le vieux machin poussif qui sert d'ascenseur vibre et grince de tous ses boulons. Je jette un coup d'œil sur mon graffiti préféré : *Louis aime Anna.* Une autre Anna, bien sûr !

Je me demande quand même quelle tête il peut bien avoir, ce Louis-là…

Je suis contente de retrouver Miée. Pendant les vacances, on ne se voit jamais. En juillet, je pars d'abord en colo, et ensuite avec les parents, mais Miée, elle, ne bouge pas de son petit appartement. «Je suis trop vieille pour ça!» répète-t-elle. N'empêche, deux mois toute seule, ce doit être long…

Pendant l'année scolaire par contre, je passe souvent la voir. On discute, on parle de tout et de rien, du collège, des copines… Elle me raconte l'histoire de son premier baiser… J'adore ça! Mais surtout, elle a tout son temps, Miée. Elle est cool, pas comme les parents qui sont toujours à cent à l'heure.

Et puis on se fait des journées roudoudous!

L'important dans le roudoudou, c'est d'abord le coquillage. Un beau coquillage bien bombé, juste assez profond pour que le caramel s'y niche. Miée en a toute une collection qu'elle a ramassée sur les plages, à marée basse, il y a longtemps.

Elle choisit la plus petite de ses casseroles, toujours la même, presque une casserole de dînette. Elle pose les morceaux de sucre dans le fond et les arrose d'eau de fleur d'oranger. Ça cuit à petit feu. Le sucre fond, blondit, caramélise et, soudain, toute la cuisine embaume. Là, il ne faut pas rater son coup. Si on attend trop longtemps, ça noircit et en quelques secondes, c'est raté. Ce qu'il faut, c'est guetter pile le bon moment et, quand le caramel est doré juste à point, le verser doucement au fond des coquillages.

Laisser refroidir… Voilà! C'est fini. Rien de meilleur. Et rien de plus simple…

Il ne reste qu'à déguster tranquillement.

Miée, c'est la reine du roudoudou.

Cinquième étage. L'ascenseur s'arrête dans un soupir exténué. Je sonne et Miée vient tout de suite m'ouvrir, un grand sourire aux lèvres.

Je la regarde, un peu désorientée. D'après moi, avec ses cheveux tout en pétard, ébouriffés comme un oursin, elle a eu une panne de réveil. Ce n'est pas du tout son style ! Aussi loin que je m'en souvienne, j'ai toujours vu Miée impeccablement coiffée dès le matin, avec son chignon tout blanc, très serré et sans un cheveu qui dépasse. Je n'ai même pas le temps de lui demander ce qui lui arrive :

– Entrez, entrez, je suis à vous tout de suite, lance-t-elle avec un air de duchesse que je ne lui connais pas.

Petit coup d'œil derrière pour voir à qui elle peut bien parler. Personne ! Donc, c'est bien à moi ! J'entre dans le jeu.

– Oh, ne vous inquiétassez pas, ma chère Miée, j'ai tout mon temps…

Et on passe un bon moment à se faire des amabilités en s'appelant « ma chère » comme si on avait des patates chaudes plein la bouche.

Pour sa coiffure, je n'ose pas lui dire tout de suite, mais quand même… c'est plutôt bizarre. Et puis ça me met mal à l'aise de la voir avec ces longs cheveux blancs tout filasse qui lui tombent sur les épaules. Elle paraît si vieille, tout d'un coup ! Comme si elle n'était plus « ma Miée ». Je finis par me lancer :

– Dites-moi, très chère, n'auriez-vous pas oublié le petit coup de peigne du matin ?

Elle me fusille du regard.

– Ce que vous dites est tout simplement ridicule, mademoiselle. Je sors à l'instant de chez le coiffeur ! Mêlez-vous de vos affaires !

Elle sort de chez le coiffeur ! Première nouvelle ! Et puis c'est impossible, je viens d'arriver ! Je lui en fais à peine la remarque qu'elle se met dans une rage folle. Rouge de colère, elle ouvre la porte de l'appartement à toute volée et sa voix grimpe en flèche dans les aigus. Je n'ai jamais vu Miée dans une telle fureur !

– De toute façon, poursuit-elle, je ne sais pas qui vous êtes et vous n'avez strictement rien à faire ici ! Sortez tout de suite ou j'appelle la police !

Elle ne sait pas qui je suis !!! Qu'est-ce que c'est que cette histoire de fou ? Je n'y comprends rien. Une chose est sûre : elle parle sérieusement. Ce n'est plus un jeu. J'abandonne les « ma chère » en reculant de quelques pas, le cœur affolé. Devant moi, Miée est une vraie furie, les yeux brillants, le visage écarlate, la main à moitié levée, comme si elle allait me gifler... Le sang bat contre mes tempes, elle me fait presque peur maintenant. Je grelotte, la voix encombrée de sanglots.

– Qu'est-ce qui t'arrive, Miée ? Je viens chez toi, on ne s'est pas vues depuis les vacances...

– On dit ça, on dit ça, mais c'est pour m'extorquer de l'argent, hein ! Ce ne serait pas la première fois. Mais dès que mon mari sera là, ça va se passer autrement, je vous le promets !

Son mari ! Mais voilà bien longtemps qu'il est mort, Papié ! Je ne l'ai même pas connu...

Je lui hurle, les yeux pleins de larmes :

– Miée, c'est moi, Anna, ta petite fille !

Elle baisse le bras... hésite un peu. Alors je la prends par la main et on se poste toutes les deux devant le grand miroir de la salle de bains. Elle s'observe un moment comme si elle ne comprenait pas, j'ai l'impression d'étouffer, et puis elle a un petit sursaut.

– Anna... Qu'est-ce qui se passe ? Je suis affreuse avec mes cheveux tout en bataille !

Je souris en m'essuyant les joues.

– Mais Miée ! C'est ce que je me tue à te dire depuis une heure.

Elle me regarde drôlement, mi-incrédule, mi-inquiète, ouvre la bouche comme pour ajouter quelque chose et, finalement, s'oblige à sourire. Je me serre contre elle.

– Ma pauvre cocotte, voilà que je t'ai fait pleurer… Décidément, je ne sais pas où j'ai la tête en ce moment. Attends-moi, ma chérie, que je me fasse belle pour te recevoir.

Lorsqu'elle ressort, je retrouve ma Miée. Coiffée, maquillée et parfumée comme d'habitude. Et, comme d'habitude, on se mitonne un après-midi roudoudous.

Chacune de notre côté, on fait semblant d'oublier toute l'histoire, mais le soir, juste avant l'arrivée de maman, Miée me prend à l'écart, comme si quelqu'un pouvait nous entendre.

– Tu sais, Anna, chuchote-t-elle, pour le petit truc de ce matin…

– Oui…

– Ma coiffure et tout ce que j'ai pu dire de… d'un peu bizarre… J'aimerais que ça reste entre nous. Pas la peine d'en parler à ta mère.

Je hoche la tête. La sonnette de l'entrée retentit, c'est maman.

De toute manière, je n'aurais rien dit aux parents.

Mercredi 18 octobre

– Ma petite Anna, j'aimerais bien que tu *plumes tes choux-fleurs* !

Miée fronce ses sourcils de grand-mère en montrant du doigt une de mes baskets jetée à la diable au milieu du couloir.

Et moi j'éclate de rire.

– Qu'est-ce que tu as dit ?

– Je ne vois vraiment pas ce qu'il y a de si drôle ! J'aimerais juste que tu… que tu…

Miée hésite, me regarde…

– Mais qu'est-ce que je viens de raconter, moi ?

– Je crois bien que tu m'as demandé de « plumer mes choux-fleurs ».

– J'ai vraiment dit ça ?

Je hoche la tête en rigolant. Elle aussi, mais au fond de ses yeux, je crois voir que ça ne l'amuse pas beaucoup.

C'est vrai que depuis quelque temps, Miée s'emmêle drôlement avec ses mots. Parfois, elle sort des trucs tellement incroyables qu'elle me fait penser au *Prince de Motordu*, un livre génial qu'elle me lisait quand j'étais petite. Elle est tout à fait capable de me demander :

– Anna, tu veux bien aller acheter *du chien*, s'il te plaît ?

– Du pain, tu veux dire ?

– C'est ce que je t'ai demandé, non ?...

Je ne sais plus très bien quand ça a commencé. Peut-être l'année dernière, ou même celle d'avant. Au début, on n'y faisait pas vraiment attention. Ça la faisait même sourire, elle levait les yeux au ciel et murmurait : « Oh ! la la ! Ma pauvre tête ! » Mais maintenant, elle en rit de moins en moins. Et parfois même, lorsqu'on lui fait une remarque, elle s'énerve. Alors je la laisse dire. De toute façon, ce n'est pas très grave, on se comprend quand même.

Je la laisse dire… sauf lorsque j'éclate de rire !

« Plumer ses choux-fleurs… » Où est-ce qu'elle va chercher ça, Miée ? Je crois que bientôt, il faudra écrire un dictionnaire Miée/français.

Mercredi 29 novembre

– Et un joli corsage ?

– Tu sais bien que je ne mets que des tee-shirts !

– Ou une belle jupe, tu es toujours en pantalon. Justement, j'en ai vu une qui...

– Pffffff !

– Alors qu'est-ce qui te ferait plaisir ? me demande Miée avec un soupir à fendre l'âme.

– Un cybermaster, pour ma console de jeux.

– Un quoi ?

– Un cybermaster, tu connais pas ? C'est un *game* virtuel hypra-complexe !

– Un *game* virtuel hypra-complexe ! gémit-elle en levant les yeux au ciel, tu ne pourrais pas faire l'effort de parler comme tout le monde ?

– Mais je parle comme tout le monde, Miée, c'est toi qui ne veux pas comprendre !

Et chaque année, ce sont les mêmes chamailles ! Pour mon anniversaire, on ne tombe jamais d'accord.

Depuis toujours, Miée rêve d'une petite-fille froufroutante en socquettes blanches ! Mais avec moi, c'est perdu d'avance : les fringues, les peluches, les poupées, les trucs gnangnan, cucul et débiles pour les filles, je déteste ! Moi, ce qui me plaît, ce sont les maquettes, les machines, les consoles... Chacun ses goûts !

– Mais qu'est-ce que j'ai bien pu faire pour que ma petite-fille soit un vrai garçon manqué ? se lamente Miée.

– Mais je ne suis pas du tout un garçon, Miée, et même, comme fille, je me trouve plutôt réussie !

Elle m'ébouriffe les cheveux en riant.

– Bon. Allons voir ton cyber-truc...

*
* *

En ressortant du magasin, je lui saute au cou.

– Alors, tu es contente, ma petite Anna ?

– Tu es une super-Miée !

– Mais jusqu'au jour J, tu oublies tout ! Il faut que ça reste une vraie surprise !

– Promis !

Elle regarde sa montre.

– Tu sais que si on veut faire nos roudoudous avant que ta mère vienne te chercher, il faut *rafistoler* tout de suite.

« Rafistoler » ! Encore un mot à ajouter au dictionnaire Miée/français. Je pouffe discrètement pour ne pas l'agacer, et on part, bras dessus, bras dessous. Miée prend à gauche dans une petite rue, puis à droite… Aucun souvenir d'être passée par là en venant. C'est peut-être un raccourci. On débouche sur un grand boulevard. Elle hésite un moment et se décide à traverser pile au moment où les voitures démarrent. Subitement, au beau milieu de la chaussée, elle revient sur ses pas. En un éclair, j'aperçois un capot qui fonce sur nous ! Je hurle.

Les pneus crissent. J'entends un choc tout proche, immédiatement suivi d'un bruit de ferraille et de verre brisé. Une voiture s'arrête, à un demi-centimètre de nos jambes. Le type qui en jaillit est furieux, blanc comme un linge, il nous engueule comme du poisson pourri. Pendant ce temps, le feu passe au rouge et les autres restent bloqués au milieu du carrefour. L'embouteillage est immédiat, des voitures dans tous les sens, ça klaxonne de tous les côtés, un scooter nous frôle, un flic s'approche, mais Miée continue son chemin comme si elle n'était en rien responsable de tout ce bazar. Elle marmonne deux, trois mots incompréhensibles au flic qui se visse l'index sur la tempe, remonte sur le trottoir et s'arrête finalement devant un banc.

– Là, dit-elle, on sera bien.

Malgré le petit vent glacial qui balaye le boulevard, elle s'assoit, pose son sac sur ses genoux et ne bouge plus, un léger sourire aux lèvres. Devant nous, les passants s'emmitouflent, et Miée les observe comme si elle cherchait quelqu'un du regard.

– Mais qu'est-ce que tu fabriques, Miée ?

– J'attends Lydie. Elle ne devrait plus tarder maintenant.

– Lydie ?...

Pas de réponse.

– Et les roudoudous ? Tu as dit tout à l'heure qu'on devait rentrer.

– J'attends d'abord Lydie. Je ne voudrais pas qu'elle se perde dans cette cohue.

Jamais entendu parler de cette « Lydie » ! Sur le boulevard, les voitures allument leurs phares, les parapluies s'ouvrent et le petit crachin qui menaçait tombe maintenant en me glaçant jusqu'aux os.

– Miée, il faut rentrer. Maman va nous attendre...

Elle me regarde d'un drôle d'air, comme si elle découvrait soudain ma présence.

– Alors tu crois que Lydie est rentrée toute seule ? Ma foi, tu as peut-être raison. Allons-y tout de suite !

On s'engouffre dans la première station de métro venue. Les stations défilent, Solférino, Sèvres-Babylone, Rennes… À Montparnasse, je sursaute. Qu'est-ce qu'on fait là ? Ce n'est pas du tout le coin de Miée. Elle habite de l'autre côté de Paris, place de Clichy !

– Miée, on s'est trompées de ligne…

On descend en catastrophe. Le quai est bondé. Je serre bien fort sa main. Direction Porte de Clignancourt. Des couloirs partout, une véritable fourmilière de gens qui courent, se pressent, se bousculent, des correspondances, des escaliers roulants… Une cohue effarante. Miée marche droit devant elle en adressant de petits sourires aux centaines d'inconnus qu'on croise. De nouveau, le panneau Porte de Clignancourt. Le même que tout à l'heure, j'en suis sûre, Miée est si bizarre que je n'ose rien dire. Mais quelques minutes plus tard, lorsqu'on repasse devant pour la troisième fois, je n'ai plus aucun doute : on tourne en rond ! Une grosse boule d'inquiétude s'installe d'un coup au creux de mon ventre. Je ne comprends pas ce qui arrive. Six heures et demie ! Maman doit déjà nous attendre. Miée, l'air vaguement égaré, semble ailleurs. On dirait qu'elle ne se rend compte de rien… Elle marmonne, comme si elle se racontait des histoires rien que pour elle. Jamais je ne l'ai vue dans cet état. Je lui secoue le bras, des larmes plein les yeux.

– Miée, qu'est-ce qui se passe ? Pourquoi on fait n'importe quoi comme ça ? Il est vachement tard. Maman va s'inquiéter. Faut qu'on rentre, maintenant.

– Je crois qu'on a encore perdu Lydie…

– Miée ! Il faut qu'on rentre !

J'ai crié. Des gens se retournent. Je tremble comme une feuille en tentant de déchiffrer le plan de métro. Un vrai labyrinthe !

Coup de chance, c'est direct : il suffit de prendre la direction Saint-Denis-Université. On replonge dans les couloirs. Je ne lâche pas Miée, mais maintenant, c'est moi qui décide. Elle me suit en regardant tout autour d'elle comme si elle prenait le métro pour la première fois. De temps en temps, je l'entends murmurer : « Et ma petite Lydie ? Qu'est-ce qu'elle est devenue, ma petite Lydie ? »

La nuit est tombée depuis longtemps lorsqu'on ressort. Je pousse un ouf de soulagement en reconnaissant la place. La voiture de maman est devant l'immeuble. Elle nous attend là-haut. Le plus difficile, maintenant, ça va être de lui expliquer cette histoire de fou ! Elle se précipite en entendant le bruit de la clé dans la serrure.

– Eh bien vous prenez votre temps, toutes les deux ! J'étais presque inquiète.

– C'est que...

En une demi-seconde, mes yeux croisent ceux de Miée. Elle a retrouvé son vrai regard et me serre la main de toutes ses forces. Pas besoin d'un dessin pour comprendre : surtout, ne rien dire à maman ! Je suis tellement heureuse de retrouver ma Miée, que j'invente sans effort le petit baratin qui convient.

– C'était super, m'man ! On n'a pas vu le temps passer. On s'est baladées dans les magasins, et quand on est ressorties, il faisait nuit !

– Et vous avez réussi à passer une journée sans roudoudous ! Je n'y crois pas.

Maman embrasse Miée et sort dans le couloir. Lorsqu'à mon tour je l'embrasse, elle me serre contre elle et murmure : « Anna, ma chérie, excuse-moi... »

Elle pleure à petites larmes silencieuses qui dégoulinent sur son maquillage.

On vient à peine d'arriver à la maison que le téléphone sonne. C'est papa. Il appelle du labo pour annoncer qu'il a une expérience en cours et que « surtout, ma petite Anna, tu dis bien à ta mère que je fais le maximum pour rentrer le plus tôt possible ». On connaît la chanson. Il nous fait le coup cinq ou six fois par mois. Le plus tôt possible, ce ne sera pas avant minuit…

Je me demande pourquoi il ne les commence pas plus tôt, ses fichues expériences !

Du coup, ce soir, c'est « dîner-pignoche ». Avec maman, on sort tous les restes du frigo, les fonds de Nutella, de confitures, de mayonnaise… et chacune bricole son repas. Je teste le hamburger jambon-chocolat.

– Maman… C'est qui Lydie ?

La fourchette de maman dégouline de carottes râpées assez ramollies qu'elle repose doucement sur son assiette.

– Lydie ?… Tu veux parler de la sœur de Miée ?

– Elle a une sœur, Miée ? Je ne savais pas. Pourquoi est-ce qu'on ne la voit jamais ?

– Elle est morte il y a très longtemps, elle était toute jeune. Je ne l'ai jamais connue.

– Morte de quoi ?

– Un accident stupide. Leurs parents avaient un petit pavillon à Champigny. Elle s'est noyée dans un bassin qui était au fond du jardin.

– Elle avait quel âge ?

– Je ne sais pas trop… Cinq ans, je crois. Miée devait en avoir huit.

Je croque distraitement une miette de hamburger jambon-chocolat. Pas terrible ! On a déjà vu mieux.

– Ça n'a pas dû être marrant pour Miée.

Maman hoche la tête.

– Oui. Comme tu dis… Ça n'a pas été marrant. Ça l'a beaucoup marquée dans sa jeunesse, et même plus tard, mais elle est toujours restée très secrète là-dessus. Moi-même, je n'ai appris cette histoire que longtemps après. D'ailleurs, c'est étonnant qu'elle t'en ait parlé. Qu'est-ce qu'elle t'a dit ?

– Oh, presque rien. Elle a juste prononcé son nom, comme ça…

– Et tu ne lui as pas demandé de qui il s'agissait ?

– Euh… non. Je pensais à autre chose… Et puis Miée aussi, je crois qu'elle pensait à autre chose.

Maman me regarde curieusement mais n'insiste pas.

En fait, le hamburger jambon-chocolat, c'est vraiment immangeable.

Mercredi 6 décembre

Miée s'est encore perdue dans le métro. Toute seule, cette fois. Elle ne se souvient de rien, ni de ce qu'elle a fait ni d'où elle est allée… Elle s'est retrouvée dehors, assise sur un banc, la nuit tombait et il faisait un froid de loup. Autour d'elle les gens passaient sans la regarder. Et lorsqu'elle a demandé à un passant où elle était, le type a continué son chemin sans répondre. Elle est rentrée chez elle en pleurant comme une petite fille perdue.

Je suis la seule à savoir.

*
* *

On est côte à côte sur le canapé, chacune un roudoudou à la main, et Miée m'explique.

Voilà deux ans, elle s'est rendu compte qu'elle oubliait souvent des trucs. Oh ! pas grand-chose : elle partait au marché en laissant son cabas à la maison, elle posait ses lunettes dans un coin et passait des heures à les chercher, elle oubliait le nom de la gardienne de l'immeuble…

– Au début, je ne me suis pas méfiée. Tout le monde perd ses lunettes. Et puis un jour, je suis rentrée chez moi, ça sentait affreusement le chaud. J'avais oublié une casserole sur le feu. L'eau s'était évaporée, le métal était rouge, la poignée avait commencé à fondre. Quelques minutes de plus et je mettais le feu à l'appartement !

– Tu avais la tête ailleurs ce jour-là.

– Oui, bien sûr… c'est ce qu'on dit. Mais maintenant, il ne se passe plus une semaine sans que j'oublie quelque chose. Certaines fois, je suis incapable de me rappeler de ce que j'ai fait la veille. Rien ! Un grand trou noir ! L'autre jour, à la poste, impossible de me souvenir de mon adresse. Mon adresse, tu te rends compte? Vingt-deux ans que j'habite ici! Comme si tout s'était effacé... Si ça se trouve, demain, je ne me souviendrai même pas que tu as passé la journée avec moi!

– Tu as des trous de mémoire, c'est tout.

– De sacrés gros trous...

– Comme dans le gruyère.

Elle hoche la tête avec un petit sourire navré, prête à pleurer. J'ajoute aussitôt:

– Mais les trous, c'est ce qu'on aime dans le gruyère! L'an dernier, la maîtresse nous serinait sans arrêt que la mémoire est comme un muscle. Si on ne l'entraîne pas régulièrement, elle ne fonctionne plus.

– Elle disait ça... Je crois bien que quand j'allais à l'école, Mme Delalune, notre institutrice, disait la même chose.

– Tu vois bien que tu t'en rappelles... Et si tu faisais du sport de la tête? Toi, tu serais l'athlète du cerveau, et moi, ton entraîneur.

Miée soupire, sourit et me colle un gros baiser sur la joue. Un mélange de parfum et de caramel.

– Ma petite Anna, heureusement que tu es là. Qu'est-ce que je vais bien pouvoir faire, comme sport de la tête?... Apprendre des poèmes?

Je fronce le nez.

– Pfff... Les poèmes, c'est souvent triste. En ce moment le prof de français nous rase avec un de ces trucs! Écoute ça:

«Moi, je meurs; et mon âme, au moment
[qu'elle expire,
S'exhale comme un son triste et mélodieux.»

Tu trouves ça marrant, toi?

– C'est beau, bien sûr, admet Miée, mais pour l'instant, tu as raison, il me faudrait quelque chose d'un peu plus... enjoué.

Et tout en léchouillant nos roudoudous, on se creuse la tête en silence, à la recherche d'une idée «plus enjouée», comme elle dit.

– Ça y est, Miée, j'ai trouvé!

*
* *

On n'entend pas la porte s'ouvrir. Maman entre et nous regarde d'un air effaré.

Miée a passé une longue jupe violette à volants oubliée au fond de ses placards, elle a noué un grand foulard sur ses cheveux et porte d'énormes boucles d'oreilles. Des dorées, en toc, bien clinquantes. On a mis la musique à fond et, sans se soucier des voisins, on braille en chœur *Notre-Dame de Paris.*

«J'ai posé mes yeux sur sa robe de gitane
À quoi me sert encore de prier Notre-Dame ?
Quel est celui qui jettera la première pierre ?
Celui-là ne mérite pas d'être sur terre...»

Maman se précipite pour baisser le son.

– Mais ça ne va pas, toutes les deux ! On vous entend de la rue.

– Mais, maman, c'est juste pour reboucher les trous du gruyère !

Et avec Miée, on éclate de rire.

Samedi 9 décembre

« Belle,

Est-ce le diable qui s'est incarné en elle,

Pour détourner mes yeux du Dieu éternel... »

Miée s'arrête en plein milieu, les bras ballants, l'air consterné.

– Hé, Miée, qu'est-ce qui t'arrive ?

– J'ai oublié...

– Hier tu connaissais la chanson par cœur !

– C'est possible, mais hier c'était hier, et aujourd'hui, c'est différent ! Voilà. Je ne me rappelle plus de rien. Plus un mot !

– Pas grave. On va recommencer.

– Non, laisse tomber ! De toute façon, j'ai l'air ridicule avec cette robe. Ça ressemble à quoi, à mon âge de s'habiller avec des trucs pareils ?

– Miée ! Tu as promis de t'entraîner tous les jours ! Alors, je remets le disque !

« Belle,

Est-ce le diable qui s'est incarné en elle… »

Sa voix tremblote un peu. En bon entraîneur, je l'encourage, je lève le pouce bien haut. Super, Miée ! ce coup-ci, tu vas y arriver !

« Pour détourner mes yeux du Dieu éternel… »

Le trou ! Le vide ! Le disque continue tout seul.

– Et puis crotte, à la fin ! explose Miée en jetant son foulard par terre. Tu vois bien qu'on *flèche* notre temps. J'en ai par-dessus la tête de rabâcher ce machin à longueur de *jardinier.* C'est bon pour les gamines de ton âge, mais moi, de toute façon, je sens bien que…

Elle se mord les lèvres et disparaît dans la salle de bains. J'entends l'eau couler. Lorsqu'elle en ressort, habillée comme d'habitude, elle esquisse un vilain petit sourire salé et plein de brouillard. Je l'entoure de mes bras.

– T'inquiète pas, Miée, ce n'est pas grave. Ça te reviendra plus tard.

– Oui... Plus tard.

Lundi 25 décembre

Le sapin monte jusqu'au plafond, croule sous les guirlandes et clignote dans tous les sens. Et Joachim est là avec sa nouvelle copine!

Joachim, c'est mon frère. Enfin… pas vraiment. Mon demi-frère, plutôt. Mais cette histoire de «demi», je ne l'aime pas. On se ressemble tellement, tous les deux, que je ne vois vraiment pas pourquoi on ne serait qu'à moitié frère et sœur. Pour résumer, c'est le fils de maman. Il est bien plus âgé que moi et vit au Canada, à des milliers de kilomètres d'ici, alors, quand on se retrouve, c'est la fête.

On a allumé des bougies et la maison déborde de bonnes odeurs: la cire, la résine et le fumet de la dinde qui rôtit dans le four.

Dans la cuisine, papa peste, tape, cogne, jure... Il n'a jamais su ouvrir les huîtres. Chaque année, on a droit au même feuilleton : généralement, il se coupe à un moment ou à un autre. Il y a trois ans, ça s'est terminé à l'hôpital ! Maman lui a bien proposé de varier un peu et d'essayer les langoustines, mais il n'a rien voulu savoir.

– Noël, ma chérie, c'est Noël ! Huîtres et dinde aux marrons ! Les traditions, il faut les entretenir, sinon on finira par faire la fête devant un McDo et un verre de Coca !

Maman se refait une beauté, et moi je discute avec Joachim et Roxane. Elle a un accent que j'adore et plein d'expressions marrantes.

Miée déboule, pomponnée, maquillée comme une star, tout sourire, les bras chargés de cadeaux.

Le pied du sapin disparaît sous les rubans et les papiers brillants.

– Alors, qui est-ce qui ouvre ses paquets en premier ? demande maman. Anna ?...

– Objection, s'insurge Joachim, il n'y a aucune raison que ce soit toujours les jeunes qui commencent ! Honneur aux anciens ! Moi, je propose que cette année, ce soit Miée la première et qu'on finisse par Anna.

– Tout à fait d'accord, lance papa du fond de la cuisine. Et ne m'attendez surtout pas, j'en ai encore une bonne douzaine à ouvrir.

Miée pioche un premier paquet d'un air gourmand. Le cadeau que j'ai fait pour elle. Elle le soupèse.

– Oh, oh ! Ça paraît bien lourd.

Elle le dépiaute, l'examine, et me regarde, un peu interloquée puis comprend enfin ce que c'est. Elle me serre contre elle.

– Ma petite chérie…

Joachim lui prend délicatement le cadeau des mains et le tournicote dans tous les sens.

– C'est quoi ce truc ?

– Un grupuzzle.

– Un grupuzzle ?

– Bon sang! Vous ne connaissez pas les grupuzzles au Canada? Un gruyère-puzzle!

– Un gruyère-puzzle... Voyez-moi ça! On n'arrête pas le progrès!

– Oui, je l'ai fait à l'atelier poterie. C'est un gros morceau de gruyère avec plein de trous: des gros, des petits et des moyens. Le but du jeu, c'est de remettre chaque trou à sa place.

– Encore du gruyère! s'exclame maman, mais qu'est-ce que vous avez avec votre gruyère, toutes les deux?

Miée me jette un petit clin d'œil futé.

Premier exploit : papa a ouvert toutes les huîtres sans se massacrer la main.

Deuxième exploit : j'en ai goûté une !

Il paraît qu'elles sont encore vivantes quand on les mange ! Et en plus, j'ai lu quelque part qu'elles continuaient à gigoter au fond de l'estomac plusieurs minutes après qu'on les a avalées. Beurk ! Et puis, il faut bien le dire : une huître, ça ressemble vraiment trop à une énorme morve.

Mais Miée, elle adore !

Je la regarde du coin de l'œil : une huître, un filet de citron, une gorgée de vin. Une huître, un filet de citron… Pendant ce temps, papa explique son projet d'ouverture automatique des huîtres. « Tu vois – il avale une huître : schluuurp ! – ça marcherait un peu comme pour les cannettes. Tu tires sur la languette, et hop ! »

Personne ne l'écoute. Tout le monde a le nez dans ses huîtres, même Roxane qui en goûte pour la première fois. Ça n'a pas l'air de tellement l'emballer, d'ailleurs…

« Lydie s'est allongée sur le cheval », murmure soudain Miée si bas que, sauf moi, personne ne l'entend. Je frissonne en levant les yeux sur elle. Elle a le même regard que l'autre jour, dans le métro et fixe Roxane comme si elle venait de la découvrir.

À force de sentir ce regard rivé sur elle, la copine de Joachim relève la tête. Vaguement gênée, elle esquisse un petit sourire et détourne les yeux, mais Miée ne la lâche toujours pas.

« Schluuurp ! » fait Joachim en gobant son huître.

Et tout de suite après, le silence paraît drôlement bizarre.

Maman doit se rendre compte qu'il se passe quelque chose de curieux parce que, lentement, elle repose dans son assiette l'huître qu'elle vient de prendre et regarde sa mère.

– Maman... Maman !

Miée la repousse presque brutalement et se lève en faisant tomber son assiette.

– Lydie, ma petite Lydie...

Elle se précipite sur Roxane et l'entoure de ses deux bras.

– Ma petite Lydie, tu ne pouvais pas partir comme ça, en me laissant toute seule. Tu t'étais seulement cachée, hein ! Coquine ! Tu aurais dû le dire aux parents, ils se sont terriblement inquiétés. Mais maintenant que tu es revenue, tout va bien... Comme je suis heureuse !

Tout le monde se lève. Roxane, le visage très rouge, tente de dénouer les bras qui lui enserrent le cou. Joachim file à son secours et oblige Miée à desserrer son étreinte. Elle est d'une force incroyable et on dirait presque qu'ils se battent.

– Arrête, Miée ! Arrête !

– Mais enfin, maman, fait ma mère affolée, qu'est-ce qui te prend ? Tu vois bien que...

Miée se redresse d'un coup et repousse Joachim avec une violence surprenante.

– Madame, rugit-elle, je ne vous autorise pas à m'*entortiller* sur ce ton ! Et pour commencer, il s'agit d'affaires de famille dans lesquelles vous n'avez rien à voir. Alors je vous prie de me laisser et de bien vouloir *frapper* chez vous !

Miée s'effondre soudain en sanglots.

– Mais pourquoi, pourquoi est-ce que vous êtes tous ligués contre nous ? Tu vois, Lydie, ils veulent encore nous séparer, comme quand nous étions petites... Tu te rappelles ? Ils n'ont pas cessé de nous mentir.

Elle s'essuie les yeux d'un revers de la main et se tourne vers Joachim. Son maquillage s'est transformé en une horrible purée noirâtre. Elle est soudain tellement affreuse, tellement différente, que je me mords les poings pour ne pas hurler.

– Et vous, monsieur, vous devriez avoir honte de m'avoir *repassé* la vérité. Vous saviez très bien que Lydie ne s'était pas noyée. C'était juste une enfant qui jouait, comme les autres. Alors pourquoi n'avez-vous jamais rien dit ? Mais cette fois-ci, on ne se laissera pas faire, hein, Lydie !... Ma petite Lydie adorée...

Miée se laisse tomber sur une chaise et pleure comme une gamine, la tête entre les mains. Roxane se terre contre Joachim tandis que les parents se regardent, démunis, totalement impuissants. Personne n'ose bouger. Personne n'ose parler. Les épaules de Miée tressautent en faisant cliqueter ses grosses boucles d'oreilles et elle se recroqueville sur elle-même avec de petits gémissements pitoyables. Jamais je n'ai vu quelqu'un d'aussi malheureux. Sa douleur me paralyse, je halète comme un chien, incapable de respirer. J'ai l'impression qu'un gouffre vient brusquement de s'ouvrir en moi, aussi vide et profond que si une grosse pompe m'aspirait de l'intérieur. De toutes mes forces, je ferme les yeux. Je ne veux pas voir. Je voudrais que ce moment n'ait jamais existé.

Maman, très pâle, finit par s'approcher et pose doucement la main sur les cheveux de Miée. Sa voix chevrote.

– Viens maman, dit-elle enfin, je crois que tu devrais te reposer un peu.

Miée se laisse faire et la suit docilement, à petits pas de vieillard. Elle a soudain cent ans, mille ans peut-être. Elle est la plus vieille femme du monde. Maman lui essuie le visage, et l'aide à s'allonger sur mon lit, au milieu des Lego et de mon cybermaster. Elle referme doucement la porte, les yeux bouffis de larmes.

– On devrait peut-être appeler un médecin...

– Mais non, fait papa en forçant le ton, c'est simplement un petit moment de fatigue. Ça va passer... Miée nous rejoindra tout à l'heure pour le dessert. En attendant, je crois que je vais aller chercher la dinde dans le four.

Elle est toute noire, la dinde, on dirait un morceau de charbon.

De toute façon, plus personne n'a faim. Dans son coin, le sapin de Noël clignote comme un imbécile.

La nuit est tombée et personne n'a encore pensé à allumer. On sursaute tous en entendant s'ouvrir la porte de la chambre, Miée déboule dans le salon et nous regarde un par un, les yeux plissés: «Est-ce que quelqu'un pourrait m'expliquer ce que je faisais dans le lit d'Anna?» Elle a l'air tellement surpris que tout le monde sourit. Même maman. Mais le cœur n'y est pas.

Miée ne se souvient de rien.

Cette nuit, elle va rester à la maison, elle dormira dans ma chambre.

*
* *

Tout à côté de moi, dans l'obscurité, elle se tourne et se retourne dans tous les sens.

– Une vieille folle ! grommelle-t-elle, voilà ce que je suis. J'ai tout gâché.

– Arrête, Miée ! Tu sais très bien que ce n'est pas vrai. Tu es une super-grand-mère.

– Je suis surtout super-déglinguée.

– Dis pas ça !

– Une zinzin ! Une vieille cinoque !

– Même pas vrai !

– Une fêlée, une toquée, une givrée ! Bonne pour l'asile !

Dans le noir, je lui prends la main. Sa peau toute ridée se plisse. Du bout des doigts, je suis le cours de ses grosses veines.

– Tu sais, si j'avais eu une sœur et qu'elle soit morte, comme la tienne, j'y penserais sans arrêt. Je n'arrêterais pas de lui parler… Des fois, ça fait du bien de parler avec les gens qu'on aime. Juste de prononcer leur nom. Même quand ils sont morts, je suis sûre qu'on peut continuer à leur dire des choses.

– Oui, murmure Miée, ça fait du bien.

– Tu as dû penser tellement fort à ta sœur que tu y as cru pour de vrai. Moi, c'est pareil quand je m'invente des histoires... Des fois j'ai l'impression qu'elles sont tellement réelles que c'est le vrai monde qui ressemble à un rêve. Comme si tout était inversé.

Pendant un moment, Miée se tait. J'écoute sa respiration, lourde, régulière, comme si elle dormait. Et puis, très doucement, elle reprend.

– J'ai peur, Anna.

– T'as peur de quoi ?

– De perdre la tête.

– Alors on fera comme avec tes lunettes, on la retrouvera.

Pas très malin, comme réponse, mais je ne trouve rien d'autre. Depuis que Miée m'a mise dans le secret, je me rends bien compte qu'elle perd de plus en plus souvent les pédales. Mais jusqu'à présent, ça restait entre nous, alors qu'aujourd'hui, le secret a éclaté au grand jour, devant tout le monde...

Miée laisse échapper un soupir, ou peut-être un léger rire.

Au loin, la sirène d'une voiture de police piaule dans la nuit. Elle se rapproche, nous asperge de grands éclats tout bleus au travers des volets et s'éloigne à toute allure.

Mardi 2 janvier

Maman voudrait que Miée aille voir un médecin mais, de son côté, Miée ne veut même pas en entendre parler.

– Qu'est-ce que tu crois ? Que je deviens folle ? Si c'est ça, dis-le tout de suite !

Maman soupire et prend les mains de Miée.

– Tu sais bien qu'il ne s'agit pas de ça. Mais il y a peut-être quelque chose à faire pour soigner tes oublis, tes moments de... euh, de fatigue, tes... Je ne sais pas moi, tous ces petits inconvénients dont tu te plains ces derniers temps.

– La maladie que j'ai, fait Miée en haussant les épaules, elle s'appelle « la vieillesse », tout simplement, et crois-moi, ce n'est pas avec des petites pilules que ça va passer.

– Tu n'en sais rien, maman, et moi non plus ! Écoute, j'ai une amie qui connaît un très bon neurologue, un spécialiste de ce genre de problèmes, je pourrais peut-être prendre un rendez-vous pour toi. Juste pour faire un bilan.

– Eh bien tu iras le faire toute seule, ton bilan !

Miée enfile son manteau et part en claquant la porte.

*
* *

Les dictionnaires, c'est comme les huîtres : difficiles à ouvrir et pas toujours très attirants. L'autre jour, le prof de français nous a donné un incroyable bazar de mots à classer par ordre alphabétique : abattre, abattis, abat-jour, abattement… il y en avait toute une ribambelle comme ça. Très amusant ! Mais bon, il faut reconnaître que, parfois, c'est utile.

Neu… Neuro…

Neurologue : médecin spécialisé en neurologie.

Alors là, bravo ! Plus clair que ça, on ne pouvait pas imaginer ! Ce sont quand même de drôles de fortiches qui écrivent les dicos !

Bon, courage… Je remonte de quelques lignes.

Neurologie : branche de la médecine qui traite des maladies du système nerveux.

Cette fois, je suis d'accord. Moi aussi, je trouve que Miée est drôlement nerveuse, depuis quelque temps.

Mercredi 28 février

Il neige. Et pas des petits flocons rikiki comme d'habitude à Paris. Non, une vraie grosse neige qui s'accroche aux pare-brise, aux toitures et aux rebords des fenêtres. On dirait que la place de Clichy va se marier.

– Regarde Miée, comme c'est beau…

Pas de réponse. De la cuisine, elle ne m'entend pas.

Je reste le nez collé au carreau. La neige, c'est magique. Même quand tu habites le coin le plus moche du monde, dès qu'il neige un peu, ça devient beau comme en pleine montagne. De temps en temps, un moineau se perche sur le rebord de la fenêtre, il ébouriffe ses plumes, picore dans la petite boule de graisse que Miée a suspendue aux volets et repart à toute allure. Si j'étais lui, je passerais ma journée à slalomer entre les flocons, le bec grand ouvert pour les happer.

Je m'aperçois soudain qu'il fait drôlement froid dans l'appartement. Je me retourne : la porte d'entrée est grande ouverte. Dans la cuisine, le robinet coule à gros jet…

– Miée !… Miée, tu es là ?

Je fais le tour de l'appartement, bien obligée de me rendre à l'évidence : Miée est sortie !

Elle est peut-être descendue acheter du pain. Ou du sucre… Curieux quand même qu'elle n'ait rien dit. Et curieux qu'elle n'ait pas refermé la porte, elle qui est si frileuse. J'ouvre la fenêtre, une bourrasque glaciale s'engouffre dans la pièce. Je me penche par-dessus la balustrade. La neige brouille tout. Je n'y vois pas grand-chose, mais aucune des petites silhouettes qui se pressent en bas ne ressemble à celle de Miée.

Je dévale l'escalier et cogne au carreau de Mme Boudjalil, la gardienne.

– Excusez-moi, vous n'avez pas vu passer Miée ?

– C'est que je faisais mon repassage, moi. Qu'est-ce qui lui arrive, à ta grand-mère ?

– Rien, rien ! C'est pas grave !

Je file. Dehors, c'est le bazar ! Sous la neige, la place de Clichy est bloquée dans un embouteillage ahurissant. Des voitures, des bus, des scooters, des coursiers, des taxis ! Ça coince, ça bloque, ça klaxonne, ça s'engueule... L'ambiance des grands jours ! Je traverse n'importe comment, en me faufilant entre les capots. Si maman me voyait, elle serait furieuse. Dans la boulangerie, je passe devant tout le monde.

– Excusez-moi, vous n'avez pas vu ma grand-mère ?

– La dame au beau chignon tout blanc ?

– C'est ça, elle est passée ?

La boulangère secoue la tête.

À l'angle du boulevard, l'épicier ne l'a pas vue non plus.

Je cours de tous les côtés. Personne sur les bancs de la place. Personne chez le marchand de journaux. Miée s'est évaporée… Je pense soudain à une chose : si ça se trouve, elle est déjà rentrée et morte de trouille en trouvant l'appartement vide ! Je suis une idiote !

Je galope. L'ascenseur est occupé. Quelque chose me dit que Miée est dedans. Sûr ! J'enfile les étages quatre à quatre, arrive pile à temps pour ouvrir la porte à toute volée. Et paf! En plein dans Mme Mihajlovic, la voisine d'en face.

– Hé ! Doucement, Anna ! Qu'est-ce qui t'arrive ?

– Vous n'auriez pas vu…

– Vu quoi ?

– Non… Rien ! Excusez-moi.

Je m'engouffre dans l'appartement. Miée n'est pas là. Entre la fenêtre que j'ai laissée grande ouverte et la porte que je n'ai pas fermée, il règne un froid polaire. Le tapis est à moitié recouvert de neige, mais ça n'a aucune importance. Je me colle en grelottant contre le radiateur et ferme les yeux. Miée ne tardera plus maintenant, elle est juste allée faire une course… J'essaye de m'en persuader, sans trop y croire. Jamais elle ne serait partie sans me prévenir. Ça ne lui ressemble pas.

15 heures 15

Deux heures que Miée a disparu. Je suis redescendue. J'ai fouillé tous les environs en long, en large, en travers et puis j'ai beaucoup pleuré.

Je me décide à appeler maman au bureau. Poste 451.

– Tu ne quittes pas, Anna, ta maman est en ligne…

La standardiste me colle une musique nulle. Je claque des dents, glacée jusqu'au cœur.

Je crois bien que je vais encore pleurer.

18 heures 07

À cause de la neige qui tombe de plus belle, maman a mis presque trois heures pour arriver. Tout Paris est bloqué. Papa est prévenu, mais – comme d'habitude – ils ont une expérience en cours au labo. Impossible de quitter son travail.

Aucune nouvelle de Miée.

Maman tourne en rond dans l'appartement en répétant sans arrêt : « Mais qu'est-ce qu'on va faire ? Qu'est-ce qu'on va faire ? »

On oublie d'allumer la lumière. Dehors c'est tout blanc. Tout froid.

19 heures 30

Au commissariat, l'histoire de Miée n'a pas l'air de beaucoup les affoler.

– Soixante-neuf ans, marmonne le gros flic. Ce n'est plus une gamine, votre maman… Ce n'est pas comme s'il s'agissait de votre fille !

21 heures 20

Papa arrive chez Miée, essoufflé et rouge comme un coq. Il a laissé sa voiture je ne sais où, en plein embouteillage et a couru jusqu'ici. Avec maman, ils ne se parlent presque pas. Je vais rentrer avec lui à la maison. Maman restera ici. Au cas où…

Voilà huit heures que Miée a disparu !

Jeudi 1er mars

– Non, Anna ! N'insiste pas. Tu vas au collège comme d'habitude ! Ça ne sert à rien d'attendre ici.

Les yeux encore rouges de larmes, je n'ai pas dormi de la nuit. Ce matin, très tôt, maman a appelé. Miée n'est pas rentrée. Elle a fait le tour des hôpitaux et aucun n'a admis de vieille dame ressemblant à Miée. Tout à l'heure, elle retournera au commissariat. Papa boit son café comme s'il ne se passait rien de grave. On dirait qu'il s'en fout. J'ai envie de lui jeter ma tasse à la figure.

– De toute façon, au collège, je ne pourrai pas travailler. Je ne ferai que penser à Miée. Alors ça ne sert à rien que j'y aille !

– Anna, ça suffit ! Tu vas au collège ! Un point, c'est tout !

Il tape du poing sur la table et son bol de café valse par terre. Bien fait ! C'est tellement rare qu'il se mette en colère que j'en reste un moment interdite. Et puis j'éclate en sanglots.

Il me serre contre lui en me caressant la tête.

– Excuse-moi, Anna, on est tous sur les nerfs, avec cette histoire…

Il éponge les taches avec un torchon.

– Si ce n'est pas malheureux ! fait-il en se lamentant sur son vieux jean tout taché de café, un costume neuf…

Je souris au travers de mes larmes. Le jour où on verra papa en costume…

*
* *

Cours de français. Rien écouté.

Cours de maths. Rien pigé.

Cours d'anglais. Rien à cirer.

Le truc de Mme Lamarche, avec sa tête de caniche à frisettes, c'est de nous parler anglais d'un bout à l'autre du cours, même si on n'y comprend rien. Elle repère en trois secondes que j'ai la tête ailleurs.

– *Anna, what's the matter? Why don't you listen?*

C'est trop. Je me précipite dehors, la prof me poursuit dans les couloirs en hurlant.

– *Anna! Anna! Come on immediatly!*

Immediatly toi-même!

19 heures 45

Le téléphone sonne. Tout le monde sursaute. Maman hésite une seconde, avant de décrocher.

– Commissariat de Champigny…

Ils ont retrouvé Miée. Des gens les ont appelés en fin d'après-midi pour signaler que, malgré le froid et la neige, une vieille dame restait devant chez eux, dehors, sans bouger, à simplement fixer leur maison.

Deux ou trois fois, ils sont sortis pour lui demander si elle n'avait besoin de rien, mais elle leur a simplement répondu « qu'elle attendait Lydie, et qu'elle n'allait plus tarder, maintenant ».

Maman demande dans quelle rue on a retrouvé Miée.

– Rue des Quatre-Sergents, madame.

– Au numéro 14 ?

– Attendez, je vérifie... Oui, c'est ça. Comment le savez-vous ?

Maman a l'air encore plus remué.

– Ça... ça n'a pas d'importance, murmure-t-elle. J'arrive... J'arrive tout de suite.

Elle raccroche.

– 14, rue des Quatre-Sergents, à Champigny, répète-t-elle. C'est là qu'habitaient mes grands-parents. C'est là que Lydie s'est noyée.

Dimanche 4 mars

Voilà trois jours que Miée est « en observation » à l'hôpital.

Un gros tas de bâtiments grisâtres, encore détrempés par la neige et la boue de ces derniers jours. Dans le hall, des gens attendent, plantés là comme s'ils allaient y passer le restant de leur existence. Dehors, une ambulance franchit le portail en trombe en jetant de longs éclairs glacés. J'ai le cafard, plus très sûre que ce soit une bonne idée d'aller voir Miée.

– Le service de neurologie, s'il vous plaît ?

– Bâtiment B, 3e étage.

Je m'enfonce dans une interminable enfilade de couloirs. Ici, même les murs ont l'air malade. L'odeur est à pleurer, et la chaleur à mourir… Chambre 315, je pousse doucement la porte, tendue comme un ressort. Je me demande sur quelle Miée je vais tomber. La « mienne », ou l'autre… Elle se redresse en m'entendant, me sourit, et j'oublie toutes mes appréhensions.

– Salut, Miée, je suis venue te faire un petit coucou.

– Bonjour, ma belle. Si tu savais comme ça me fait plaisir. J'ai encore fait des bêtises, hein… ?

Je l'embrasse et m'assois du bout des fesses sur le rebord de son lit.

– Je ne sais pas si ce sont des bêtises, mais c'est une drôle d'idée d'avoir choisi le jour le plus froid de l'hiver pour aller à Champigny. À ta place, j'aurais attendu le printemps.

Miée ne répond pas. Sa voisine nous fixe d'un petit air pincé et allume la télévision sans rien nous demander. À tous les coups, on va avoir droit aux *Feux de l'Amour* alors, toutes les deux, on se réfugie dans le couloir.

– Elle était super ta maison. On est allés la voir hier avec papa et maman. J'aime beaucoup le jardin, avec ce grand arbre sur le côté.

– C'est peut-être le tilleul qui a *bourlingué*. Mon père en avait planté un.

– Et puis... Au bout du jardin, par la grille, j'ai vu le petit bassin.

– Ah! Tu as *brisé* ça aussi...

– Oui. J'ai pensé à toi... et à Lydie. Maman a retrouvé une vieille photo sur laquelle vous êtes toutes les deux, avec un cerceau.

On se tait un moment. Un monsieur encore jeune traverse le couloir, le corps tout agité de gestes bizarres. Je détourne la tête quand il me regarde. Il s'éloigne, on dirait une marionnette dont on tire les fils dans tous les sens.

– Tu vas bien maintenant. Pourquoi est-ce que tu restes ici?

– Je passe des examens, soupire Miée, des scanners, des trucs et des machins auxquels je ne comprends rien. Et puis ils me posent des tas de *pintades*.

– Tu veux dire des tas de questions.

– Oui, c'est ça, des tas de *pintades*. Comment je m'appelle? Quel jour on est? Où est-ce que j'habite? Dans quelle *table*? Et puis je dois répéter des mots après eux, me *barricader* de listes d'objets... Ça n'arrête pas. Quand je ressors de là, je suis exténuée.

– Et tu réponds bien?

Miée hésite.

– Pas toujours, ma petite Anna. Pas toujours... À l'école déjà, je n'étais pas très douée pour les examens. Mais c'est bientôt *défilé*. Le médecin a promis que je pourrais sortir d'ici une petite *gravure*.

C'est combien, une «gravure»: une journée? une semaine?... Je n'insiste pas.

– Tant mieux, parce que moi, je commence à avoir très envie de roudoudous!

Je raccompagne Miée dans sa chambre. L'autre dame s'est endormie devant la télé.

Jeudi 5 avril

Ce matin, maman a rendez-vous avec le neurologue qui s'est occupé de Miée. Miée ne veut même pas le savoir. Dès qu'on lui en touche un mot, elle pleure, ou elle s'énerve. D'ailleurs, depuis quelque temps, elle se met souvent en colère. Un rien suffit à l'agacer.

– On verra, quand vous aurez mon âge ! répète-t-elle sans arrêt.

Quand je reviens du collège, rien qu'aux yeux de maman, je comprends tout de suite que ça ne va pas.

– Alors… Qu'est-ce qu'elle a, Miée ?

– On ne sait pas encore très bien, ma chérie. Quelque chose dans son cerveau ne fonctionne plus tout à fait correctement.

– Et on va la soigner?

– Écoute, Anna, ne me pose pas de questions, pour l'instant, personne n'en sait rien. Pas même les médecins. Et puis va dans ta chambre s'il te plaît, je dois passer un coup de téléphone très important.

– Pour Miée?

– Anna, ça suffit maintenant! File!

Je file. Pas très loin. Derrière la porte, l'oreille aux aguets... Moi aussi, j'ai le droit de savoir.

Maman appelle dans un hôpital. Elle cherche à joindre le professeur je-ne-sais-qui. Elle attend, attend... Au bout d'un moment interminable, quelqu'un lui répond enfin. Elle prend la même voix que lorsqu'elle parle à son patron. Je l'entends lire les résultats des examens. Un véritable charabia! Jamais entendu de conversation aussi compliquée, avec autant de mots imprononçables. Il y en a un qui revient à plusieurs reprises: «hippocampe».

Qu'est-ce qu'ils viennent faire dans cette histoire, ceux-là ?

C'est dingue, si Miée a des hippocampes dans le cerveau !

À moins que ce ne soient pas les mêmes hippocampes...

Je crois que vais jeter un coup d'œil dans mon dico.

Hippocampe : 1. Petit poisson qui nage en position verticale et dont la tête rappelle le profil d'une tête de cheval.

Bon, ça, je savais.

2. Circonvolution du lobe temporal de l'encéphale.

Rien compris !

Mais pour Miée, ce serait plutôt cet hippocampe-là, parce que, l'encéphale, c'est la même chose que le cerveau. On l'a appris en science.

Alors Miée est malade de l'hippocampe du cerveau ?

Je n'ai plus qu'à chercher circonvolution, lobe et temporal... Bonjour la soirée !

À la maison, depuis cette histoire d'hippocampe, l'atmosphère est plutôt lourde. Maman se tord les mains et s'essuie sans arrêt les yeux avec un petit mouchoir qu'elle glisse dans sa manche. Papa rumine dans son coin. Et moi, j'aimerais bien comprendre. Je profite d'un interminable silence, tout à la fin du repas.

– C'est quoi, la maladie de Miée ? Parce que même si elle fait des trucs un peu bizarres en ce moment, elle n'a pas l'air vraiment malade.

Les parents hésitent une seconde. Et puis papa se lance, il adore jouer au prof.

– Notre cerveau, commence-t-il, fonctionne grâce à des milliards de minuscules cellules qu'on appelle des neurones...

– Oui, je connais. Ce sont des petits zinzins avec des sortes de grands fils pour se relier les uns aux autres !

– Un peu de rigueur, Anna ! D'abord, ce ne sont pas des « zinzins », mais des cellules. Et ensuite ce ne sont pas des « grands fils » mais des axones. Quant à l'hippocampe, c'est une partie du cerveau appelée ainsi en raison de sa forme. Il faut savoir que le cortex temporal n'est pas, contrairement au…

Aïe, aïe, aïe ! Papa est parti. On en a pour la soirée. Ce qu'il peut être rasoir quand il étale sa science !

Avec maman, on se réfugie dans la cuisine. Ça ne l'arrête pas une seconde, il continue à parler devant les assiettes vides et la bouteille de ketchup. Maman résume : l'hippocampe est une petite région de notre cerveau indispensable à notre mémoire. Et c'est là que les neurones sont les plus fragiles, alors, quand la maladie de Miée a commencé, c'est à eux qu'elle s'est attaquée en premier.

– Moi, je trouve que c'est lâche, de s'attaquer aux plus faibles !

Maman ignore mon intervention.

– Mais ça remonte à plusieurs années, poursuit-elle, à ce moment-là, personne ne se doutait de rien, pas même Miée. Elle semblait aller très bien. Mais peu à peu, la maladie a gagné d'autres zones du cerveau et…

– Et du coup, Miée s'est mise à oublier plein de trucs, à s'emmêler dans ses mots et à faire des choses de plus en plus bizarres.

Maman hoche la tête. Elle a les yeux très rouges.

– Et quand est-ce qu'elle va s'arrêter, sa maladie ?

– Jamais, Anna. Ça… ça va empirer. C'est une maladie qui progresse sans arrêt. Un peu plus chaque jour… Personne ne sait comment la stopper.

– Alors Miée va oublier de plus en plus ?

– Oui, murmure-t-elle en se mordant les lèvres.

– Les tables de multiplication, la recette des roudoudous, l'heure de se lever, comment on s'appelle…

Maman pleure. De l'autre côté, papa continue : « … alors que dans un neurone normal, les protéines Tau… » Ce qu'il peut m'agacer ! Il est vraiment ridicule, des fois !

Je m'installe sur les genoux de maman. Ça ne m'est pas arrivé depuis si longtemps qu'elle en semble presque gênée. Je me colle contre sa joue et je lui murmure :

– Mais nous, on va se souvenir pour elle.

Depuis que Miée est sortie de l'hôpital, maman passe tous les soirs chez elle pour vérifier que tout va bien et lui faire quelques courses, parce que, maintenant, Miée s'emmêle tellement avec l'argent qu'il est impossible de la laisser faire toute seule. Du coup, maman est à bout de nerfs. À cause de Miée, à cause de son travail, à cause des trajets supplémentaires qu'elle doit faire, à cause de tout… Alors le soir, à la maison, l'ambiance n'y est pas! Elle est exténuée et un rien suffit à l'énerver

Et puis il y a aussi les jours où Miée déraille complètement, et où maman revient en larmes…

Je lance ma proposition sur la pointe des pieds.

– Tu sais maman, Miée n'habite pas très loin du collège... Moi aussi, je pourrais aller la voir le soir. Ça t'aiderait un peu, et puis ça me ferait plaisir.

– Il n'en est pas question, Anna. D'abord, tu dois travailler et ensuite euh...

– Et ensuite, je pourrais y aller le mardi parce qu'on sort plus tôt et le vendredi parce que le lendemain, je n'ai pas cours !

– Anna, n'insiste pas s'il te plaît. J'ai dit non, c'est non !

– Alors je pourrais avoir un chat ? Parce que quand je rentre ici, je m'ennuie toute seule... J'ai justement une copine dont la chatte vient d'avoir des petits, ils sont ultra-adorables !

*
* *

Et c'est comme ça que maintenant, je passe chez Miée deux fois par semaine.

Parfois, elle va très bien, et je retrouve ma « Miée-Roudoudou ». On se raconte nos histoires et la cuisine sent super-bon le caramel. Parfois aussi, son hippocampe fait des siennes, et c'est un peu, beaucoup ou terriblement le bazar dans sa tête. Moi, je me dis que ce n'est pas sa faute, que c'est à cause de sa maladie. Après tout, si ça lui fait du bien de m'appeler Lydie, je ne vois pas pourquoi je l'en empêcherais.

Mais ce que je n'aime pas, c'est quand elle pleure et que je la vois malheureuse.

– Ma petite Anna, je sens bien que je perds la tête...

Alors on inverse les rôles, je la prends contre moi, je caresse ses cheveux tout blancs et je la console.

Mercredi 9 mai

Le cours de géo à peine terminé, je file chez Miée.

Place de Clichy, il y a un remue-ménage pas possible : gyrophares, pompiers, policiers, Gaz de France... Tout l'immeuble de Miée est dans la rue, les gens sont massés derrière des barrières et les policiers les empêchent de passer. Les pompiers ont fait évacuer tout le monde à cause de l'odeur de gaz.

– Ça provient du cinquième, me dit une petite dame pointue.

Je me sens soudain toute vide, avec les jambes en caoutchouc. Le cinquième, c'est l'appartement de Miée !

J'aperçois les pompiers s'engouffrer avec leurs masques à gaz et leurs bouteilles sur le dos. D'en bas, on les entend cogner contre la porte, ils cassent tout à coups de hache.

Les autres locataires sont furieux. Dans la foule, j'entends une voix lancer :

– C'est la vieille folle du cinquième ! On aurait dû s'en douter ! Un de ces jours, elle nous fera tous crever !

Mme Mihajlovic m'a repérée.

– Ma petite Anna, il est grand temps que tes parents s'occupent de ta grand-mère. Déjà que l'autre nuit, elle a réveillé tout l'immeuble ! Alors une fois, ça passe, mais là, c'est trop !

– Ouais, gronde un gros type qui sent la bière, si elle n'est plus capable de se débrouiller toute seule, y a qu'à la mettre dans une maison spécialisée.

– On aurait pu tous y passer ! glapit la petite dame pointue. Si elle n'a plus toute sa tête, elle n'a rien à faire ici.

Ils m'énervent. Je hurle.

– Ce n'est pas la faute de Miée, c'est à cause de son hippocampe !

Ils me regardent plutôt bizarrement. Le gros plein de bière se visse l'index sur le front en grommelant que ça doit être de famille. Et là-dessus, Miée arrive tranquillement avec son pain sous le bras.

– Mais il y en a une agitation, ici ! Qu'est-ce qui se passe ?

Personne n'ose lui répondre.

Jeudi 7 juin

Miée mélange tout ! Dix fois pire qu'avant ! Le jour, la nuit, les sous, les rues, les gens, les mots… Une vraie ratatouille ! Et toutes les pilules qu'elle peut avaler n'y changent rien. De toute façon, elle oublie systématiquement de les prendre. Les parents disent qu'elle ne peut plus rester toute seule chez elle. Alors ce matin, pour la première fois, Myriah va venir s'occuper de Miée. C'est son métier.

Maman se tord les mains en l'attendant.

Il a fallu faire très vite parce que, avec toutes ces histoires, elle a déjà pris tellement de jours de congé que son patron commence à lui faire des remarques. Du coup, Myriah, personne ne la connaît. Personne ne l'a vue. On l'a simplement entendue au téléphone. «Elle a l'air très bien», a juste dit maman en raccrochant. De toute façon, on n'a pas le choix. C'est Mme Boudjalil, la gardienne, qui nous l'a conseillée. Elles viennent du même village toutes les deux. De «Là-bas...» comme dit Mme Boudjalil en indiquant la direction du sud.

Maman regarde sa montre. Elle doit être à son travail pour dix heures.

– Pourvu que Myriah ne nous fasse pas faux bond, répète-t-elle pour la vingtième fois.

Assise devant la fenêtre, Miée s'en fiche complètement. De Myriah, du patron, de Mme Boudjalil et du reste. Je crois bien qu'elle n'a même pas remarqué que nous sommes là, avec maman. Je reste quand même à côté d'elle, à lui tenir la main. Ça lui fait plaisir. Il suffit de tenter l'expérience. Quand je lui prends la main, un petit sourire se dessine sur ses lèvres. Oh, pas grand-chose, mais quand même ! Et dès que je la lâche, le sourire disparaît. On ne bouge pas toutes les deux, on ne dit rien, on reste seulement là, à regarder ce qui se passe dehors.

Et ce qui se passe dehors, place de Clichy, c'est comme d'habitude, un énorme embouteillage. Les seuls qui parviennent à se faufiler, ce sont les deux-roues. Je repère une gigantesque bonne femme sur sa rikikite mobylette et je rigole toute seule parce que ça semble totalement impossible qu'un aussi petit bout de ferraille à roulettes puisse supporter le poids de fesses aussi hippopotamesques.

La porte de l'ascenseur se referme. Petit coup de sonnette. C'est Myriah ! Maman se précipite, ouvre... Je reste un moment stupéfaite.

Dans l'encadrement de la porte, une femme nous sourit. Elle est immense... je ne sais pas moi, peut-être deux mètres. Et puis grosse, mais grosse ! Grosse de chez énorme ! Au moins cent quarante kilos ! Ma géante à mobylette, c'est elle ! C'est Myriah !

– Bonjour… Je ne suis pas en retard au moins ?

– Pas du tout ! Pas du tout, fait maman en se tordant le cou pour tenter de l'apercevoir par-dessus son opulente poitrine, entrez !

Moi, j'ai peur qu'elle ne s'assomme contre le plafond. Ou peut-être que le plancher ne s'effondre. Myriah se penche vers moi et me colle deux gros baisers bien craquants sur les joues. Elle sent drôlement bon. Elle entrouvre la glissière de son blouson et une minuscule boule de poils en jaillit.

– Allez, Youk ! Dis bonjour à tout le monde.

Youk vient renifler les chaussures de maman, me fait une léchouille sur les mains et hop ! d'un bond, saute comme un ressort sur les genoux de Miée. Jamais vu de chien aussi petit ! Youk est aussi microscopique que sa maîtresse est grande et grosse.

Myriah se dirige aussitôt vers Miée et lui tend la main.

– Bonjour madame. Je suis contente de vous rencontrer. Je m'appelle Myriah, votre fille a déjà dû vous parler de moi. Il fait rudement beau aujourd'hui, et si le cœur vous en dit, on pourrait peut-être sortir un peu, comme ça on ferait connaissance en causant au soleil…

Miée qui n'a pas dit un mot de la matinée, sourit et répond comme si de rien n'était.

– Mais c'est tout à fait ce que je disais à ma fille ce matin. Ce n'est pas un temps à rester enfermé ! Mais vous savez comment sont les enfants, elle ne veut rien entendre !

Myriah sourit et passe la main sous le bras de Miée pour l'aider à se lever.

En quelques instants, l'amie de Mme Boudjalil a su gagner la confiance de tous. Maman hoche la tête, soulagée.

– Bon, il faut que j'y aille, murmure-t-elle. Si vous voulez, Anna va rester un peu avec vous. Elle n'a pas classe aujourd'hui, comme ça elle pourra vous indiquer où sont les choses...

– Tu viens te balader avec ta grand-mère? me demande Myriah.

– Et Youk?

– Et Youk aussi, bien sûr!

Youk-le-minuscule a tout compris et frétille de la queue.

Oui, Myriah est une vraie géante. Deux mètres de sourire et cent quarante kilos de gentillesse!

Mercredi 13 juin

J'arrive en pleine séance de coiffure. Miée, assise en face de son grand miroir, reste immobile tandis que Myriah lui brosse les cheveux. Elle réunit les mèches blanches au creux de sa grosse main et les tresse avec une douceur étonnante. Elle sait trouver les gestes exacts pour refaire le chignon de Miée, aussi impeccable et bien tiré qu'avant. J'attends la fin de la séance coiffure pour l'embrasser.

– Dis donc, tu sens super-bon !

Miée hoche la tête.

– C'est le parfum de… de chose, là. La grosse bonne femme, tu sais…

Je jette un coup d'œil effaré vers Myriah qui éclate de rire.

– Vous avez raison, Miée. J'ai essayé cent fois de faire des régimes, mais j'en ai vite assez. Je suis trop gourmande pour maigrir.

– Avec quoi as tu parfumé Miée ?

– Ah, ça, c'est le parfum du désert. Ça vient de « Là-bas »... – Elle a le même geste que Mme Boudjalil pour indiquer le sud – Trois gouttes sur la peau et tes soucis s'enfuient !

*
* *

Miée ne mange plus beaucoup. Elle qui était si gourmande, on dirait que ça l'ennuie.

– Cet après-midi, déclare Myriah, on va faire des *loqma bel'ahssel*. Tu restes avec nous, Anna ?

– Qu'est-ce que c'est, tes loq-machin ?

– Surprise, surprise ! lance Myriah en entraînant Miée vers la cuisine.

• *125 grammes de farine*

• *3 œufs*

• *70 grammes de beurre*

- *Un quart de litre d'eau*
- *1 cuillerée de sucre*
- *Un peu d'eau de fleur d'oranger et du miel.*

Sanglée dans son grand tablier, Miée mélange les ingrédients pendant que Myriah prépare un thé à la menthe.

– Quand la pâte est bien lisse, il faut la rouler en petites boulettes.

Soudain Miée arrête tout, les mains encore dans la pâte. Son regard s'échappe et elle s'envole loin d'ici, à des millions de kilomètres, dans une autre galaxie… Elle n'est plus avec nous. Elle s'approche de la fenêtre et fourre de la pâte sur les carreaux, en l'étalant à pleines mains. Elle est comme ça, Miée, maintenant.

Myriah ne se fâche pas. Doucement, elle éloigne Miée de la fenêtre, lui lave les mains, nettoie les carreaux…

– Je crois qu'il faudrait un peu aider ta grand-mère, dit-elle en me regardant.

Je prends le relais, les boulettes s'alignent sur la table. Miée, elle, n'en a fait qu'une seule, moche et toute de traviole. Mais ce n'est pas grave. Myriah les plonge dans la friture. Elles gonflent et deviennent toutes dorées. Dans la cuisine, ça sent le pain chaud. Lorsque Myriah les ressort, il ne reste qu'à les enrober de miel... et à les manger.

Miée ne dit rien, mais ses yeux pétillent de plaisir. Je me lèche les doigts.

– Avant, avec Miée, on faisait des roudoudous.

– Des roudoudous ! rigole Myriah, connais pas ! Qu'est-ce que c'est ?

– Surprise, surprise !

– Des roudoudous... murmure Miée. À la maison, maman nous faisait des roudoudous.

Elle se lève et prend la petite boîte dans laquelle sont rangés les coquillages. Elle choisit ensuite la plus petite de ses casseroles, la même que d'habitude. Et puis elle sort le sucre et l'arrose d'eau de fleurs d'oranger...

Tous ses gestes reviennent. Comme avant.

Et moi, je pleure comme une idiote.

Samedi 28 juillet

Les quais de la gare de Lyon grouillent de monde.

On n'est pas les seuls à rentrer de colo et, dans la cohue, il y a ceux qui ont perdu leurs copains, ceux qui ont perdu leurs sacs, ceux qui ont perdu leurs moniteurs...

Avec Jérémie, on se presse vite fait la main en échangeant un petit coup d'œil embué. J'ai son adresse, il a la mienne. On va s'écrire, promis, juré ! Et je retrouve les parents, à la fois contente de les revoir, le cœur serré de quitter Jérémie et vaguement agacée par les vingt mille questions qu'ils me posent. « Alors, comment c'était ? Tu t'es fait de bonnes copines ? Et les moniteurs ? Tu as eu beau temps ?... » Là-bas, Jérémie s'éloigne avec ses parents. Il se retourne, les yeux me piquent un peu.

– Et Miée ?

Tout de suite, je devine que ça cloche. Ils se regardent, l'air vaguement idiot, à ne pas oser parler. J'insiste.

– Et Miée, comment elle va ?

– On a dû la placer dans une maison, Anna.

La voix de maman n'est qu'un souffle. À peine audible. Moi, je ne dis rien. Mes mots ne veulent pas sortir. Tout au creux de mon ventre, quelque chose vient de se briser.

Comprends pas. C'est quoi, cette histoire de maison ? Qu'est-ce que ça veut dire ?

– Elle est dans un endroit spécialisé pour les personnes comme elle. Un endroit où les gens s'en occuperont bien, où elle sera soignée comme il faut...

– Mais Myriah, elle était vachement bien !

– Bien sûr, qu'elle était bien. Mais elle ne pouvait pas rester le soir, et encore moins la nuit. Avec sa petite fille, c'était impossible. Et c'était aussi devenu impossible de laisser Miée seule.

Myriah a une petite fille ! Je ne m'étais jamais posé la question.

– Et l'appartement ?

Papa prend le relais.

– On a commencé à le vider. J'ai loué un camion pour déménager tous les meubles demain. Myriah a promis qu'elle viendrait nous aider. Il faut que tout soit vide pour lundi, le propriétaire a déjà trouvé un nouveau locataire.

– Et les affaires de Miée…

– On va essayer d'en caser le plus possible dans la cave et dans le garage, et puis le reste, on le donnera… Tu sais, Anna, en vingt-deux ans, Miée a accumulé beaucoup de vieilleries.

Des vieilleries… Mes oreilles bourdonnent.

Dehors, les rues disparaissent dans une sorte de brouillard grisâtre. Je m'entends demander d'une petite voix grinçante :

– Je pourrais... Je pourrais garder quelque chose ?

J'ai l'impression que, autour de moi, de grands murs s'effondrent. J'aurais tellement voulu... Je ne sais pas ce que j'aurais voulu.

Dimanche 29 juillet

Voilà.

L'appartement de Miée est vide. Triste et moche à en pleurer.

D'ailleurs je ne me gêne pas, je pleure comme une fontaine, cachée sur le minuscule balcon du salon. Cinq étages plus bas, la place de Clichy grouille de badauds et de touristes en chemisette. En me penchant un peu, j'aperçois papa et Myriah-la-géante. Ils enfournent le dernier meuble dans la camionnette que papa a louée. C'est l'ancien buffet de la cuisine. Quand ils l'ont soulevé, le pied était si vermoulu qu'il est parti en poussière.

Jamais je n'avais remarqué que les murs de l'appartement de Miée faisaient si vieux et si sales. À l'emplacement des meubles et des tableaux, il reste de grandes traces plus claires, comme si leurs fantômes refusaient de partir d'ici.

Tout à l'heure, dans le tiroir de la table de nuit de Miée, on a retrouvé une photo. Maman a d'abord cru qu'il s'agissait de Lydie, et puis papa s'est penché dessus :

– Mais non, voyons, a-t-il dit au bout d'un moment, c'est toi, ma chérie. Tu dois avoir trois ou quatre ans sur cette photo... Regarde, ce sont tes yeux, il n'y a aucun doute !

Et on est restés un bon moment à examiner la photo, incapable de décider s'il s'agissait de Lydie ou de maman.

– Je peux la garder ?

Maman a hoché la tête, et la photo est venue rejoindre mes deux autres trésors : la petite casserole que Miée utilisait pour faire le caramel et la boîte pleine de coquillages pour les roudoudous.

Vers quatre heures, un moustachu bedonnant débarque dans l'appartement. C'est le propriétaire. Il examine les papiers peints et les plafonds fendillés d'un air outré.

– J'espère que vous vous rendez compte de la saleté de cet appartement. Je pourrais vous demander de le remettre en état. En raison des conditions de départ de votre mère, n'est-ce pas, je n'en ferai rien, mais tout de même...

Maman hausse les épaules, signe deux ou trois papiers et lui tend les clés. Il sort en même temps que nous, j'ai à peine le temps de me retourner et d'apercevoir une dernière fois le petit couloir de Miée.

Dans le hall, Mme Boudjalil, nous guette. Elle me serre contre elle.

– Si c'est pas malheureux quand même, ma petite Anna. Si c'est pas malheureux... Ah ! tu sais, elle va me manquer ta grand-mère !

Dehors, la chaleur me happe. Le petit balcon du cinquième est si haut qu'il semble prêt à disparaître dans le ciel.

Vendredi 17 août

C'est loin. Tout au bout de la ligne du RER.

Quand on sort, d'un côté, ce ne sont que des immeubles moches, mais de l'autre, ça ressemble encore à la campagne, avec des maisonnettes et de petits jardins partout. Je regarde le plan de maman. Miée est côté campagne. Je préfère. Il fait chaud. Il n'y a presque pas de bruit, seulement le bourdonnement des insectes autour des fleurs. Presque tous les gens sont partis en vacances. J'ai l'impression de marcher dans une sorte de rêve.

Au début, maman voulait m'accompagner, mais j'ai hurlé : je ne suis plus une gamine !

Et puis elle n'a pas à écouter ce que j'ai à dire à Miée.

Les Lilas Blancs – Maison de retraite.

C'est là. Une grille verte, une grande maison ancienne avec de la pelouse et des fleurs. Ça ressemble un peu à un hôpital, mais pas trop. Je pousse la porte, la dame de l'entrée me regarde derrière sa vitre, elle tricote. On dirait qu'elle est dans un aquarium.

– Chambre 14, me dit-elle. Tu veux que je t'accompagne ?

– Non, merci. Je vais trouver toute seule.

Les couloirs sont déserts, décorés de photos de montagne. Je traverse une grande salle, quelques personnes me regardent passer en silence. Certaines paraissent tellement vieilles qu'elles m'effraient. Je ne savais pas qu'on pouvait devenir si vieux. Je ruisselle de sueur. L'une d'elles me sourit, maigre comme un vieux chat, agrippée à sa canne d'une main, cramponnée au mur de l'autre. Je fais un effort de championne olympique pour lui rendre son sourire. Elle s'éloigne à tout petits pas qui font «schuip, schuip» sur le carrelage. Je lutte de toutes mes forces pour ne pas fuir.

Chambre 14. Toc, toc... Pas de réponse. J'entre. Miée est devant la fenêtre, immobile. Elle ne m'a pas entendue.

– Miée...

Elle ne bouge toujours pas, en voyage dans les étoiles. Elle a beaucoup maigri. Sur son bras, la peau pend en petits plis. Mais ses cheveux sont toujours aussi blancs et aussi bien lissés. Je lui prends la main, je l'embrasse, et elle esquisse un fantôme de sourire.

Dehors, c'est plein d'arbres, comme si on était en forêt.

– Elle est bien ta chambre, Miée.

Elle a comme un petit déclic et revient un peu sur terre.

– Mais je suis dans le noir tout le temps.

– Dans le noir? Mais qu'est-ce que tu racontes, regarde, il y a du soleil partout!

Elle me montre son front.

– Le noir est là, fait-elle avec une grimace.

Les mots se bloquent dans ma gorge, et je la serre très fort. On croit que, dans sa tête, c'est tout détraqué, mais je suis sûre qu'au fond d'elle-même, très profond, elle pense à plein de choses, Miée. Simplement, c'est son hippocampe qui empêche que ça sorte comme avant. Elle me fait une légère caresse sur la joue et murmure un truc incompréhensible. Je lui tends le petit paquet que j'ai apporté pour elle.

– Ce sont des roudoudous. Je les ai faits à la maison, avec ta petite casserole.

Miée en prend un. Elle le regarde et le pose à côté d'elle, comme si elle ne savait pas quoi en faire.

– Je t'ai apporté ça aussi.

Je lui montre la photo qu'on a trouvée dans son tiroir. Lydie ou maman ?...

Elle la regarde un instant et la pose à côté des roudoudous, comme si cela ne la concernait pas. Alors je la glisse dans le tiroir de sa table de nuit. Peut-être qu'un jour, elle sera contente de la retrouver.

– Tu veux qu'on fasse une petite promenade, toutes les deux ?

– Il ne faut pas la réveiller.

– Qui ça ?

– Elle… chuchote Miée en me montrant son lit.

Je regarde. Le lit est tout plat, impeccablement tiré. Il n'y a personne.

– Elle se cache ici, reprend-elle, je suis la seule à savoir, mais il ne faut rien dire, sinon, les autres viendraient la reprendre…

Miée s'appuie sur mon bras. Si légère que je la sens à peine. On marche un peu sous les arbres et on finit par s'asseoir sur un banc. Je lui parle de ma colo, de mes copines, et puis de Jérémie… Elle ne dit rien. Je ne sais même pas si elle m'entend.

Je finis par me taire. Autour de nous, il n'y a que le silence. Miée est à des années-lumière d'ici.

Au bout de l'allée, à moitié masquée par l'ombre, une silhouette de géante s'avance vers nous, précédée d'une minuscule petite chose poilue qui cavale à toute vitesse entre les herbes. Youk saute sur les genoux de Miée.

– Myriah ! Tu viens voir Miée !

– Je viens vous voir toutes les deux. J'ai appelé tes parents tout à l'heure, ta mère m'a dit que tu étais ici.

– Et ta fille ?

– Elle est en vacances. « Là-bas... » Chez sa grand-mère.

Miée se lève et s'éloigne dans la direction que Myriah vient d'indiquer avec son bras. Vers le sud. Autour d'elle, Youk bondit et cabriole comme un chien de cirque. Et on est trois à éclater de rire.

Voilà des siècles que je n'ai pas autant ri avec Miée.